AF586834

VERS

POVR LA PERSONNE ET LE PERSONNAGE DE ceux qui sont du Ballet du Triomphe de l'Amour.

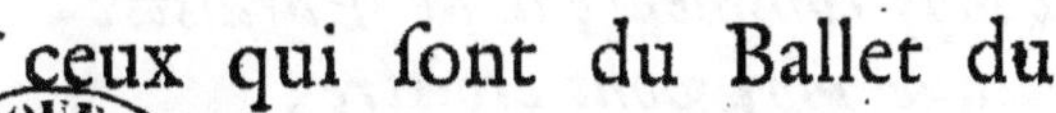

Pour MADEMOISELLE, *Vne des Graces.*

DAns la noble fierté qui doit regner ſans ceſſe
Au cœur d'vne Princeſſe,
L'on m'éleve, & déja le ſang de mes Ayeux
Reſpire dans mes yeux:
Au deſſus, à coſté de ce qui m'environne
Tout eſt Sceptre, & Couronne,
Et nul, à la reſerve ou des Dieux, ou des Rois,
N'eſt digne de mon choix.
Les Graces avec moy commencent de Paraiſtre,
Avecque moy vont croiſtre,
Et, ſi j'oſe aux flatteurs ajoûter quelque foy,
Embellir avec moy.

Pour Mademoiſelle de Commercy, *Vne des Graces.*

Vous eſtes charmante, & blonde,
Vous poſſedez mille appas,
D'autres qui comme vous ont un rang dans le monde
Parmy les Graces n'en ont pas.

Pour Mademoiſelle de Pienne, *Vne des Graces.*

Non, les autres Beautez ne ſont point comme vous,

N'ont point je ne sçay quoy de Doux
Qui trouble un cœur, & l'embarasse:
En vous examinant voila ce qu'on soûtient,
C'est aux Graces qu'il appartient
D'avoir bon air, & bonne grace.

Pour la Princesse Mariamne, *Dryade.*

Sous l'écorce où je me voy
Ie me console, & me croy
Dans le fond de l'Allemagne,
Où mon orgüeil m'accompagne,
Où j'étale mes froideurs,
De titres, & de grandeurs
Fierement envelopée,
De mon seul rang occupée,
Et ne m'attachant qu'à luy,
Non sans un pompeux ennuy.

Pour des Filles de Madame la DAUPHINE. *Dryades.*

C'est nostre sort d'estre peu frequentées,
Et l'on nous laisse où l'on nous a plantées
On n'ose qu'en passant nous dire un pauvre mot,
Attendons-nous quelqu'un, il nous arrive un sot.
Dafné fut plus heureuse, elle eût un cœur de marbre,
Ou du moins elle s'offensa
Qu'un Amant la suivit, un Amant l'embrassa
Toutesfois dés qu'elle fut Arbre,
Elle inclina sa teste & luy fit quelque accüeil.

Nous l'avons dans la Fable aſſés ſouvent pû lire,
Ou du moins l'aurons-nous peut-eſtre entendu dire
A Madame de Monchevreüil.

Pour les Filles de Madame. *Dryades.*

Quel dommage! quelle pitié
De nous voir ſeicher ſur le pié!
Nos branches ſont bien couvertes,
Ont de belles feüilles vertes,
Où le vent forme un doux bruit,
Ont des fleurs & point de fruit.
Qui n'en ſeroit indignée,
Et ne voudroit en ce cas
Que le Bucheron vint avecque ſa cognée,
Si l'on pouvoit tomber ſans faire du fracas?

Pour Mademoiſelle de Chateautiers, *Nayade.*

Au ſortir de la Mer Venus eût-elle oſé
Pretendre d'égaler un teint ſi reposé,
Tel que jeuneſſe, & ſanté vous le donne?
A voir enfin comme voſtre perſonne
Reſpire un air poli, net, frais, delicieux,
Ou vous ſortez des eaux, ou vous venez des Cieux.

Pour Mademoiſelle de Poitier. *Nayade.*

Qui pourroit entre-voir vos membres delicas
Dans une eau claire & nette, & ſur tout peu profonde

De sa bonne fortune, & d'eux feroit grand cas,
C'est un morceau friand, s'il en est dans le monde.

Pour Mademoiselle de Rambures, *Nayade.*

Nayade, je n'ay point l'honneur de vous connaistre,
Il faudroit pour vous dire en effet d'où peut naistre
En vous certaine langueur,
Vous avoir pas à pas suivie,
Avoir esté dans vostre cœur,
Où je ne seray de ma vie.

Pour les Plaisirs, Representez par les Comtes de Brionne, Tonnerre, la Troche, Mimurre, & le Comte de Fiesque.

Que de plaisirs differens
Vont paraistre sur les rangs!
Celuy-là dance à merveille,
Ce que l'autre ne fait pas,
Quoy qu'il forme de beaux pas,
Et ne manque point d'oreille.
L'un est bien fait, grand, & droit,
L'autre a la taille si fine,
Que s'il estoit mal-adroit,
Il payroit de bonne mine.
Celuy-cy descendu de ce fameux Genois
Qui voulut opprimer la liberté publique,
Fait bien, mais lors qu'il s'applique
Au soin d'exercer sa voix,

C'est-là sur tout qu'il charme, qu'il enchante,
Et les Rochers le suivent quand il chante.

Pour Monseigneur le Dauphin, dansant parmy *les Plaisirs.*

La foule des plaisirs me suit, & m'environne,
Ie me mesle avec eux, & j'y prends quelque part:
Mais j'aspire à me voir digne d'une Couronne
Où je ne puis jamais parvenir assez tard.

Le beau sexe voudroit occuper mon loisir,
Mais je vay suivre Mars, & ses durs exercices,
Et si l'Amour en moy rencontre son plaisir,
Ie pretends que la Gloire y trouve ses delices.

Comme selon le goust de tout tant que nous sommes,
Les solides plaisirs sont toûjours les meilleurs,
C'en est un de regner dans l'estime des hommes
Long-temps auparavant que de regner ailleurs.

Pour les Guerriers, Representez par les Marquis d'Humieres, de la Roque, de Sainte Frique, & le Marquis de Nangis, les Comtes de Bouligneux cadet & de Roussillon, Monsieur d'Hussé, & Monsieur de Francines.

Tous ces jeunes Guerriers vers la Gloire s'avancent,
Et seroient bien faschez, si l'on ne croyoit pas,
Qu'avecque tant d'adresse à conduire leurs pas,
Ils sçavent mieux encor se battre qu'ils ne dansent.

Pour le Prince de Commercy, *Guerrier.*

Dans le Rolle que vous faites
Vous joüez ce que vous estes,
C'est une merveille enfin
Qu'un cœur fait comme le vostre,
Mais s'en seroit bien une autre,
Estant à la gloire enclin,
Brave en un mot, fils de Maistre,
Et du sang dont vous sortez,
Si vous alliez ne pas estre
Ce que vous representez.

Pour le Marquis d'Humieres, *Guerrier.*

Que voulez-vous que fassent des Guerriers
Le cœur boüillant, quand les choses sont calmes?
Et voulez-vous qu'ils cüeillent des Lauriers
Ou l'on ne voit que Mirthes, & que Palmes?
D'une autre sorte, & par quelque détour.
Il faut vaincre, & tascher d'user de la Victoire
C'est à dire qu'il faut se prester à l'Amour
En attendant qu'on se donne à la Gloire

Pour le Marquis de Rhodes, *Guerrier.*

Brave, & determiné, vaillant, & genereux,
Vos bonnes qualitez à la Cour se répandent,
Vous estes grand, bien fait, l'air sain, & vigoureux
Noir, & tel que l'Amour, & Vénus les demandent,

Dans

Dans une grande action
Homme d'expedition,
De bravoûre & de proüesses,
Personne n'en ignore, excepté vos Maistresses.

Pour le Marquis de Nangis. *Guerrier.*

D'audace plein,
Sans estre vain,
Ie puis me distinguer en quelque part que j'aille,
Et par ma taille
Aider au gain
D'une Bataille,
La Pique en main.

Pour l'Entrée des Amours.

Tous ces jeunes Amours tendent
A pousser leurs grands projets,
Et tous ces jeunes Objets,
De pied ferme les attendent.

Pour Monsieur l'Admiral. *Amour.*

Ce tendre Amour de l'amour mesme issu,
Et de ses mains par les Graces receu,
Prepare aux cœurs une innocente guerre:
Et plus fier encor qu'il n'est beau,
Non content de briller sur terre,
Iusqu'au centre des mers va porter son flambeau.

Pour le Marquis d'Alincourt. *Amour.*

Cet Amour éveillé s'y prend tout de son mieux,
Et des plus galands en tous lieux
Imitant les manieres fines,
Couvre de grands projets sous de certaines mines:
Déja de quelques cœurs il exige un tribut.
Déja pour y faire des bréches.
Il aiguise ses traits, il prépare ses flêches,
Et déja mesme il a son but.

Pour le Comte de Veruë, *Amour.*

Si ce n'est l'Amour luy-mesme,
A sa mine on le croiroit,
La ressemblance est extréme,
Et Venus s'y méprendroit

Pour le Comte de Guiche, *Amour.*

Vous brillerez bien-tost comme un Soleil levant,
Et dans le monde en arrivant
Aux plus fieres Beautez causerez mille allarmes;
Mais quād vous vous croirez digne de tout charmer,
N'allez pas s'il vous plaist, vous-mesme vous aimer,
Et ne vous blessez pas avec vos propres armes.

Pour le Marquis d'Haraucourt de Longueval. *Amour.*

Vous qui representez l'Amour,
Et qui pourez aimer un jour,
Craignant qu'une Maistresse à la fin ne vous quitte,
Tenez-la de bien prés sans la quitter d'un pas

Et ne vous en reposez pas
Tout à fait sur vostre merite.

Pour les Dieux Marins, represéntez par le Prince de la Roche sur-Yon, le Comte de Brione, Messieurs de Moüy & de Mimurre.

Les froides Nymphes des eaux,
Trouvent ces Dieux marins beaux,
Ou pour mieux dire, estimables :
Dequoy ne viendroient-ils à bout?
En barbe bleuë ils sont aimables,
Et le sont encor plus n'en ayant point du tout.

Pour Madame la Princesse de Conty. *Nereïde.*

Elle est charmante, elle est divine,
Et brille de vives couleurs
Qu'on ne voit point briller ailleurs,
Pure & blanche comme l'hermine,
Elle efface toutes les fleurs,
Iusqu'aux Lys de son origine.

Pour Mademoiselle de Laval. *Nereyde.*

Ces Dieux Marins ont des charmes,
Qui sont de puissantes armes;
Mais je les conte pour rien:
Que le plus hardy m'assaille,
Ie me deffendray si bien,
Que je ne prétends pas qu'il m'en coûte une écaille,
Que si l'un d'eux avoit tant de pouvoir,

Il ne viendroit jamais à le sçavoir,
J'aimerois mieux échoüer à la coste,
Que d'avoüer une pareille faute.

Pour la Duchesse de Mortemart. *Nereyde.*

De tous ces Dieux Marins l'audace temeraire
S'efforceroit en vain de tâcher à me plaire,
Elle y réüßiroit fort mal:
Et mon cœur ne s'émeut que quand d'une galere
Ie découvre de loin la Poupe, ou le Fanal.

Pour Mademoiselle de Pienne. *Nereyde.*

Examinons bien la bande
De ces gens si dangereux,
Le seul que l'on apprehende
N'est pas peut-estre avec eux.

Pour Madame la Dauphine.
Nymphe de Diane.

Charmante Nymphe de Diane,
Qui confond tout regard prophane,
Il n'est question sous vos Loix
Ny de fléches, ny de carquois,
Ny d'aller avec vos compagnes
Par les monts & par les campagnes,
Il en faut user sobrement,
Car il importe extrémement
Au bien d'un Empire si vaste
Que vous ne soyez point trop chaste,

Quoy cheZ vous où tout eſt ſi pur,
N'aveZ-vous pas un moyen ſur,
Vn des plus beaux moyens du monde
D'eſtre honneſte & d'eſtre feconde?
Avec bien moins on vient à bout
De ſe pouvoir paſſer de tout.
Demeurez donc comme vous eſtes
Le modele des plus parfaites,
Fuyez le joug des paſſions,
Et gardez en vos actions
Cette conduite merveilleuſe;
Soyez exacte, ſcrupuleuſe
Sur tout ce que l'honneur deffend,
Mais donnez-nous un bel enfant.

Pour la Ducheſſe de Sully. *Nymphe de Diane.*

Nymphe toûjours charmante, & d'une humeur tranquille,
Soit qu'il vous faille quelque-fois
Quitter la Ville pour les bois,
Ou quitter les bois pour la Ville,
I'ay pourtant de la peine à me perſuader,
Vous qui parez les Bals & les plus grandes Feſtes,
Que vous ſoyeZ bien propre à vous accommoder
D'un long commerce avec les beſtes.

Pour la Princeſſe de Guimené. *Nymphe de Diane.*

La chaſte Diane en ſes bois,
Nous tient ſous de ſeveres loix,

Elle n'admet rien de prophane :
Qu'un mortel nous approche, & nous ose toucher ?
Helas ! que diroit Diane,
Si Diane sçavoit que je viens d'accoucher !

Pour Madame de Grançay. *Nymphe de Diane.*

Vous avez tous les traits d'une beauté Divine,
De beaux yeux, le poil noir, un teint vif & charmant,
Une taille sur tout si legere & si fine,
Que l'on ne vous sçauroit attraper aisément.

Pour Mademoiselle de Gontaut. *Nymphe de Diane.*

Belle Nymphe, avec le carquois,
Vous avez une mine au dessus du vulgaire,
Mais il me semble que les bois
Tous seuls ne vous conviennent guére.

Pour Mademoiselle de Biron. *Nymphe de Diane.*

Des Hommes vous craignez l'abord,
Cependant je vous plaindrois fort,
Si je vous trouvois teste à teste
Dans un bois avecque une beste.

Pour Mesdemoiselles de Clisson & de Broüilly. *Nymphes de Diane.*

Evitez bien ces gens qui font les doucereux ;
Beaux ou laids, tous sont dangereux,
Et souvent on se perd quand on se les attire :
Deffiez-vous également

De tout ce qui s'apelle Amant,
Soit le Berger, ſoit le Satyre.

Pour le Comte de Brione, *repreſentant Bachus conquerant.*

Ce Bachus équipé pour plus d'une conqueſte,
Au triomphe des cœurs & des Indes s'apreſte:
Son vin eſt dangereux pour peu qu'on en ait pris,
Il en fera taſter à quantité de Dames,
Et par ce vin nouveau qui plaiſt à bien des femmes,
Donnera dans la teſte à beaucoup de Maris.

Pour MONSEIGNEUR LE DAUPHIN, *repreſentant un Indien de la ſuitte de Bachus.*

Sur les pas du Vainqueur qui triomphe par tout,
Et qui plus loin que l'Inde établit ſa puiſſance,
Dequoy, jeune Heros, ne viendrez vous à bout,
Et par voſtre courage, & par voſtre naiſſance.

Non, rien ne vous égale, il n'en eſt point de tels
A la ſuitte du Dieu qui lance le tonnerre,
Auſſi ne ſçauriez-vous pour le bien des Mortels
Trop long-temps demeurer le ſecond ſur la terre.

Marchez apres l'honneur de tous les Conquerans;
On voit à ſa clarté toute clarté s'éteindre,
Bien loin derriere luy ſurpaſſez les plus grands,
Il s'agit de le ſuivre, & non pas de l'atteindre.

Pour la Princeſſe de Conty, *repreſentant Ariane.*

Ce n'eſt point Ariane aux Solitaires bords,

Qui gémit & ſe plaint d'vn Amant infidelle,
Celle-cy ne connoiſt l'Amour, ny ſes remords,
Elle eſt jeune, elle eſt pure, elle eſt vive, elle eſt belle,
Et le monde, & la Cour ne ſont faits que pour elle.

Bacchus eſt le premier de ceux qu'elle a vaincus,
Bacchus eſt trop heureux de l'avoir eſpouzée,
Leur chaine par le temps ne ſçauroit eſtre uſée,
Et l'on dira touſiours Ariane & Bacchus,
Mais l'on ne dira point Ariane, & Theſée.

Grecques de la ſuitte d'Ariane. Pour Mademoiſelle de Liſlebonne, *Grecque.*

Belle Grecque, ſuivez la charmante Princeſſe,
Où tant de vertu brille avec tant de jeuneſſe,
Madame voſtre Mere y conſent-elle pas?
Elle qui prend le ſoin d'éclairer tous vos pas.

Vous avez fait ſous elle un digne apprentiſſage
De tout ce qui peut rendre une Princeſſe ſage;
Iamais les paſſions n'ont oſé l'aſſaillir,
Mais à ſon gré la pente eſt bien douce à faillir.

Pour la Ducheſſe de Sully. *Grecque.*

I'excuſe les ſoupirs & les diſcrettes flâmes,
Et femme je reſſemble à la pluſpart des femmes
A qui l'on fait plaiſir d'encenſer leurs appas:
Sur ce qui peut toucher la veritable gloire
I'y ſuis Grecque, & ne penſe pas
Qu'on m'en faſſe aiſément accroire.

Pour

Pour la Ducheſſe de Mortemart. *Grecque.*

Deux Eſpoux qui s'aiment fort
Sont ſeparez dés l'abord ;
Luy s'en va faiſant ſa plainte,
Elle beaucoup plus contrainte
Sous les loix d'un dur devoir,
Pour le ſuivre, & pour le voir
Dans l'ennuy qui la conſomme
Auroit eſté juſqu'à Rome ;
Mais c'eſt bien pis aujourd'huy
Qu'elle eſt rejointe avec luy,
Cette jeune & fine Grecque
Iroit juſques à la Mecque.

Pour Madame de Segnelay, *Grecque.*

Grecque, ou non, ſuffit qu'en effet,
Vous avez un eſprit bien fait,
Que vous eſtes bonne, & ſincere,
Choſe au monde fort neceſſaire,
Et que peu ſeurement ſur l'apparence on croit :
Car pour belle, cela ſe voit,
Et ſaute aux yeux ſans qu'on le die :
Toûjours de tout Païs les vertus ont eſté,
Mais ſans vous j'aurois douté
Qu'il en vint tant du coſté
De la Baſſe Normandie

Pour Mademoiselle de Laval, *Grecque.*

Ie ſuis fiére à peu prés comme ſi dans ma main
I'avois l'empire Grec, & l'empire Romain,
Auſsi par deſſus tout qui ſe faitmieux connaiſtre?
A qui ne puis-je pas diſputer le terrain?
I'ay l'air grand; le cœur noble, & tout cela pour eſt
A la ſuite d'une autre, & pour groſſir ſon train.

Pour Mademoiſelle de Pienne, *Grecque.*

Au plus bel endroit de la Grece
Où d'une fort ſoigneuſe adreſſe
Tant de Belles pour le beſoin
D'vn ſeul eſtroitement gardées,
Attendent d'eſtre regardées,
Vous pourriez tenir voſtre coin,

Pour MONSEIGNEVR LE DAVPHIN.

Repreſentant un Zephir.

Vous vous joüez parmy les fleurs
Qui de mille, & mille couleurs
Pour vous plaire ſe ſont parées!
Mais quoy que vous ſoyez ſi tranquile & ſi doux,
Les Aquilons, & les Borées.
N'oſeroient ſouffler devant vous.

Iupiter voit avec plaisir
En vous qui n'estes qu'un Zephir
L'impatiente ardeur de vaincre & de combattre:
Et ce que sa foudre a laissé,
Où qu'elle a dédaigné d'abattre
Par vous sera bouleversé.

Le Prince de la Roche Sur-Yon. *Zephir.*

Zephir tant qu'il vous plaira,
Et soûpire qui voudra
Bien long-temps apres sa proye,
Mais je doute qu'on me voye
Comme ces autres Zephirs
Passer ma vie en soûpirs.

Pour Monsieur l'Admiral, *Zephir.*

Ce tendre Zephir ne respire
Que d'estre sur le moite empire,
En attendant qu'il se soit renforcé,
Il ne fait que friser la surface des ondes,
Mais il sera connû des Mers les plus profondes,
Et d'un terrible joug Neptune est menacé.

Pour le Marquis d'Alincourt, *Zephir.*

Tout est perdu, si vous sçavez
Le merite que vous avez,
Laissez au reste du monde
Cette science profonde
Soyez-vous dis-je moins sçavant,
De peur que le Zephir ne prenne trop de vent.

Pour le Marquis de Richelieu, *Zephir.*

Toûjours ce Zephir
Plus gay que fidelle
Des fleurs à choisir
Prend la plus nouvelle,
Et de belle en belle
Vole son desir.

Pour les Sieurs de Moüy & d'Amilton, *Zephirs.*

D'abord ne souffrez-pas prés des jeunes Merveilles
Qui veullent que l'on soit tendre, & respectueux,
Pour peu que vos soûpirs soient vains & fastueux,
Ils ne parviendront plus au cœur par les oreilles.

Pour MONSEIGNEVR LE DAVPHIN. *Zephir.*
Et pour Madame la DAVPHINE, *Flore.*
qui dançent ensemble.

Soyez tous deux amoureux, & constants,
Soyez tous deux les Maistres du Printemps.

Ieune Zephir, qui soupirez pour Flore,
Faites-nous part de quelque rejetton,
Hastez ce tendre & ce premier bouton
Que de vous deux l'Amour doit faire éclore:
Menagez des momens si doux,
Que les Ieux, les Ris, & les Graces
Ne se separent point de vous,
Et marchent toûjours sur vos traces.

Soyez tous deux amoureux & constans,
Soyez tous deux les Maistres du Printems.

Pour vos plaisirs, désja tout se prepare.
Et dans nos Bois qui redeviennent verds,
Tous les Oyseaux prennent des tons divers,
L'air se parfume, & la terre se pare
Ainsi que vos pas, que vos cœurs
Soient dans une juste cadance,
Et que par vous apres les fleurs
Viennent les fruits en abondance.

Soyez tous deux amoureux, & constans,
Soyez tous deux les Maistres du Printems.

Et dans vos yeux, & sur vostre visage
Nous apparoist ce qui nous flatte tant,
Et du beau don que l'Univers attend
Nous voyons luire un bien-heureux presage.

C'est pour avancer de tels fruits
Que l'Amour & les Destinées
Composent de si douces Nuits,
Et font de si belles journées.

Soyez tous deux amoureux, & constans,
Soyez tous deux les Maistres du Printems.

SVITE DE FLORE. La Duchesse de Sully.

A la Déesse Flore il faut offrir nos cœurs,
Acquittons des devoirs pressans comme les nostres,
Mettons-luy sur le front des Couronnes de fleurs,
Elle n'en veut point d'autres.

Pour la Duchesse de la Ferté,

Il n'est point de Beauté qui soit si naturelle,
Vous la voyez briller des plus vives couleurs;
Et lors que le Printemps aura perdu ses fleurs,
On les peut retrouver chez elle.
Mais seroit-elle ainsi sous les armes pour rien?
Il faut qu'elle ait au cœur quelque petite chose,
Si l'Amour le vouloit il nous le diroit bien;
Mais le pauvre Enfant n'ose.

Pour la Princesse de Guimené.

Vostre bonne fortune a passé vostre attente
D'avoir pû resister aux terribles douleurs
Qui des fruits de l'Hymen corrompent les douceurs,

Mais vostre beauté s'en augmente ;
Voilà ce qui s'appelle un serpent sous des fleurs,
Et l'on n'est pas toûjours également contente.

Pour la Marquise de Segnelay.

Avec une Moitié dignement assortie,
Je goûte un bonheur pur que je fais en partie,
Ce ne sont que fleurs sous nos pas,
Tout nous plaist, rien ne nous chagrine,
Ou si parmy ces fleurs se trouve quelque épine,
Elle pique si peu, que l'on ne s'en plaint pas.

Pour Mesdemoiselles de Loube & de Clisson.

Belles, vous possedez de si tendres apas,
Qu'il semble qu'eux & vous ne fassiez que d'éclore,
Il faut que vous soyez de la suitte de Flore,
A voir toutes les fleurs qui naissent sur vos pas.

Pour les Songes, Representez par les Marquis de Richelieu, d'Humieres, de Mirepoix, le Comte Dautel, & Monsieur de Francines.

AVx Belles avec adresse,
Inspirez de la tendresse,
Et faites leur sentir ce que vous meritez :
Que dans vos yeux elles lisent,
Quelquefois les Songes disent
De solides veritez.

Si vous n'allez au cœur par vostre passion,
Echauffez pour le moins l'imagination
Des Belles contre vous quelquefois en colere:
Elles vous recevront sans s'en appercevoir,
Et par tous les talens que vous avez pour plaire!
SONGES, songez à vous pourvoir.

Pour Mademoiselle de Nantes, *Representant la Ieunesse:*

Que de naissantes fleurs! ô que cette Princesse
Represente bien la Ieunesse!
Et qu'elle aura de grace & de facilité
A representer la Beauté!
Heureuse de pouvoir un jour estre fidelle
A tous les traits de son Modelle.

www.ingramcontent.com/pod-product-compliance
Lightning Source LLC
LaVergne TN
LVHW052027160826
845678LV00003B/1236

* 9 7 8 2 3 2 9 6 3 3 0 8 4 *